Titre
Femme Soumise
Pour
Erika Sanders
Série
Collection de domination érotique

Synopsis

Rachel et Roger forment un couple normal marié depuis vingt ans.

Ses enfants sont déjà à l'université, ils vivent donc seuls à la maison.

Mais le mari n'est pas satisfait de ses relations sexuelles, ce qui les trouve ennuyeuses, alors il décide qu'elles devraient aller sur les conseils d'un conseiller conjugal très particulier.

Qui est ce conseiller conjugal que Roger recommande particulièrement à sa femme pour améliorer ses... techniques sexuelles?

Femme Soumise est un roman à fort contenu érotique BDSM et, à son tour, un nouveau roman appartenant à la collection Erotic Domination, une série de romans à forte teneur en BDSM romantique et érotique.

(Tous les personnages ont 18 ans ou plus)

Remarque sur l'auteure

Erika Sanders est une écrivaine de renommée internationale, traduite dans plus de vingt langues, qui signe ses écrits les plus érotiques, loin de sa prose habituelle, de son nom de jeune fille.

Indice

FEMME SOUMISE
ERIKA SANDERS

11

PREMIÈRE PARTIE:
20 ans de mariage

13

CHAPITRE 1

C'était une autre nuit de sexe fade.

Mais aucun d'eux ne s'est plaint.

Après 20 ans de mariage, le sexe était devenu une routine plus que toute autre chose.

Rachel est retournée au lit après s'être lavée entre ses jambes.

Elle éteignit la lumière, se mit sous les couvertures et s'allongea à côté de son mari.

«C'était charmant», dit-il.

"C'était", répondit Roger. "Un peu mieux depuis que les garçons vont à l'université, non?"

Elle lui donna un coup de coude.

"Quelle chose horrible tu dis."

"Mais tu dois admettre que c'est bien que nous n'ayons plus à garder le silence. Et nous pouvons laisser la porte ouverte."

Rachel réfléchit un instant.

"Je suppose. Mais quand même, ils me manquent tellement."

"Moi aussi."

Elle ferma les yeux.

"Bonne nuit."

"Bonsoir, chérie," répondit-il en l'embrassant sur le front.

CHAPITRE 2

Le lendemain était une journée de travail typique pour Rachel.

Elle était comptable pour un cabinet comptable de niveau intermédiaire.

Avec la récente croissance économique du centre-ville, il avait beaucoup de travail à faire pour les nouveaux clients.

Pendant le déjeuner, elle a mangé avec le même groupe de femmes qu'elle avait mangé ces dernières années.

Ils ont parlé de leurs sujets habituels: potins, actualités du divertissement, famille, leurs enfants, nouvelles recettes, etc.

Ils étaient tous les meilleurs amis et ont toujours apprécié la compagnie de l'autre.

Il était presque six heures de l'après-midi lorsque Rachel rentra à la maison.

La voiture de Roger était déjà dans l'allée.

Quand il est entré dans la maison, c'était particulièrement calme.

Roger avait l'habitude de dire rapidement "bonjour".

Elle l'a appelé, mais n'a obtenu aucune réponse.

Quand Rachel entra dans la cuisine, une paire de bras s'enroula autour de son corps par derrière.

Les mains touchaient sa poitrine lascivement.

Elle a crié à haute voix.

"C'est bien!" dit-il en la libérant. "C'est moi! C'est moi!"

Elle se retourna rapidement pour voir un regard abasourdi sur le visage de Roger.

Il ne s'attendait clairement pas à ce que sa femme réagisse ainsi.

"Mon Dieu! Roger! Ne me fais plus jamais peur comme ça!"

"Je voulais vous surprendre".

«Comment était-ce une surprise? elle était furieuse. "Tu m'as fait peur en plein jour. Je pensais qu'ils m'attaquaient!"

"Désolé. J'essayais juste d'être romantique."

"Il n'y a rien de romantique à être touché de cette façon."

"Désolé. Je ne le referai plus."

Rachel a pris un moment pour se calmer.

«Je ne voulais pas être aussi en colère. C'est juste, s'il vous plaît, soyez un peu plus attentif à vos surprises, d'accord?

"Nous ne nous sommes plus jamais amusés. Avez-vous remarqué?"

"S'il vous plaît Roger, je ne suis pas d'humeur pour ça en ce moment."

"D'accord," acquiesça-t-il en signe de défaite.

Rachel se retourna et alla dans la chambre pour changer ses vêtements.

Assis sur le lit et soupira.

CHAPITRE 3

Le lendemain.

Rachel était devant l'ordinateur en train de faire son travail de comptabilité.

Son téléphone sonna.

C'était son mari.

Elle a répondu à l'appel, et quand Roger lui a dit que c'était important, elle a dit d'attendre un moment en sortant pour plus d'intimité.

Il se demanda de quoi il s'agissait.

Roger a rarement appelé pendant qu'elle était au travail.

Il supposa que ça ne pouvait pas être à cause de son combat d'hier, parce qu'il l'avait déjà résolu cette même nuit.

"Oui ?" Il a dit quand il était dehors, loin des autres collègues.

"Faisons un voyage la semaine prochaine," répondit-il sans détour. "Il y a un endroit tranquille où l'on peut aller près de la côte."

"Je ne peux vraiment pas. Les choses sont très occupées avec mon travail en ce moment."

"Le mien est comme ça aussi. Mais nous pouvons faire un trou. Nous pouvons y aller vendredi prochain et rester pendant le week-end. Il suffit de prendre une journée de congé."

"Mais ce n'est pas nécessaire," répondit-elle, essayant de le raisonner. "Je ne suis pas en colère contre toi. N'avons-nous pas clarifié ça la nuit dernière ?"

"Il ne s'agit pas d'hier. Il s'agit de notre mariage."

Ces mots envoyèrent un choc complet à travers la colonne vertébrale aux pieds de Rachel.

Il avait toujours supposé que son mariage était solide et qu'il donnait à Roger tout ce qu'il avait toujours voulu d'une femme.

«Notre mariage est-il en difficulté? elle a demandé.

"Ne parlez pas comme ça. Mais il y a un moyen de rendre notre mariage ... meilleur ..."

Un autre signe est descendu dans sa colonne vertébrale.

"De quoi parle ce voyage?"

"Je pense qu'il y a quelqu'un qui peut nous aider."

«Un conseiller conjugal? demanda-t-elle surprise.

Arrêté un instant.

"Oui. Quelque chose comme ça. Un conseiller conjugal."

"On ne fait pas ça mal, n'est-ce pas? J'ai pensé ... j'ai pensé ..."

La voix de Rachel devenait étouffante et ses yeux se mouillaient.

«Nous ne faisons rien de mal», répondit-il, essayant de la rassurer. "Mais je pense que nous pouvons nous améliorer. C'est quelque chose auquel je pense depuis un moment."

"Très bien. Si vous pensez que c'est pour le mieux."

"Merci, chérie. Je suis désolé de t'avoir appelé au travail. C'est une chose de dernière minute. Elle avait un poste à la dernière minute dans son emploi du temps et voulait en profiter."

Rachel haussa un sourcil.

"Elle? Est-ce que le conseiller est une femme?"

"Oui."

"Que savez-vous de cette personne? Pourquoi avons-nous besoin de voyager si loin pour lui?"

"J'expliquerai plus tard. Mais elle a une réputation unique. Et je pense qu'elle fera des merveilles pour nous."

"Si c'est ce que tu veux, alors c'est bien."

"Je suis content que vous soyez ouvert à cela. Nous discuterons des détails ce soir."

"Okay au revoir."

"Adieu."

L'appel a pris fin et Rachel a été choquée avec son téléphone en main.

Une bombe était tombée sur elle, mais elle réalisa qu'elle ferait tout ce qu'il fallait pour que son mariage reste solide.

CHAPITRE 4

Quelques jours plus tard.

Rachel se tenait dans la pièce, pliant des vêtements pour le prochain voyage.

Elle savait que le temps allait être chaud, alors elle a emballé les t-shirts, shorts, sandales et maillots de bain que Roger lui a dit de porter car ils seraient près de la plage.

Elle ne voulait pas y aller, non seulement parce que l'idée allait leur coûter des milliers de dollars, mais parce qu'elle avait besoin de passer beaucoup de temps au travail, et cette journée perdue serait une journée qu'elle devrait rattraper.

Mais si c'était la meilleure chose pour votre mariage, alors vous ne vouliez pas vous battre à ce sujet.

Ce qui le dérangeait le plus, c'était que Roger était inhabituellement clairsemé et paresseux sur la question du conseil matrimonial.

Durant toutes leurs années de mariage, ils avaient toujours été ouverts à tout.

Il n'y avait jamais eu de secrets.

Il n'y a jamais eu de mensonges.

C'est pourquoi leur mariage a été si réussi.

Jusqu'à maintenant...

Elle passa un long moment à se demander pourquoi Roger voulait voir un conseiller.

Qu'arrive-t-il à notre mariage?

Je pensais que tout allait bien.

Je pensais que tout était parfait entre nous.

Est-ce du sexe?

Ne suis-je plus assez bon?

Voulez-vous quelqu'un d'autre?

A-t-il une liaison?!

La valise était presque pleine.

Il ne restait plus qu'à mettre le maillot de bain.

Il y avait un vieux couple dans son placard.

Qu'elle n'avait pas utilisé depuis des années.

Il s'est déshabillé devant le miroir.

Elle regarda son corps nu.

Les légères lignes sur son visage avaient grossi.

Ses seins auparavant très gaies avaient commencé à s'affaisser.

Ses hanches devenaient plus épaisses malgré l'aérobic.

La vérité est que ce n'est pas étonnant que Roger veuille voir un conseiller.

Elle a mis son maillot de bain et a posé devant le miroir avec.

Vous aimerez ça.

À ce moment, Roger quitta son bureau à domicile et s'approcha de Rachel avec un froncement de sourcils.

"Que se passe-t-il?" elle a demandé, toujours dans son maillot de bain.

«Je viens juste de téléphoner à mon patron. Un de nos clients vient de recevoir un procès de plusieurs millions de dollars. Je ne peux plus faire ce voyage.

Elle le regarda droit dans les yeux et savait que Roger disait la vérité.

Une lueur d'espoir traversa l'esprit de Rachel.

Elle était heureuse que le voyage ait probablement été annulé.

"C'est très mauvais," répondit-elle. "Cela signifie-t-il que le voyage est annulé?"

"Il ne sert à rien d'annuler tout le voyage car j'ai déjà payé les vols et les modalités de conseil. Vous devriez y aller seul."

Elle était surprise.

«Voulez-vous que je voie un conseiller matrimonial seul? À quoi ça sert?

Le soupir.

"Rachel, je t'aime tellement. Je t'aime plus que tout. Tu es l'amour de ma vie."

«Oh mon Dieu, tu as une liaison. N'est-ce pas vrai? Il y a quelqu'un d'autre, non?

"Non, ce n'est pas comme ça," dit-il avec emphase. "Je ne te tromperais jamais. Je ne l'ai jamais fait et je ne le ferai jamais."

«Alors que se passe-t-il? Ces derniers jours, vous avez été très évasif à propos de ce voyage. Jamais auparavant vous n'avez été aussi secret.

Il soupira à nouveau et secoua la tête.

«Désolé. Je n'ai pas été complètement honnête avec toi. Je pense que je ne suis pas aussi courageux que je le pensais.

"Dis moi ce que c'est?"

"Fais-moi confiance?"

"Bien sûr que oui. Si vous avez une liaison, dites-le-moi. Nous pouvons le découvrir."

«Je n'ai pas de liaison Rachel. Mais je pense qu'il doit y avoir des changements dans notre mariage.

"Est-ce que je ne suis plus assez bon?" elle a demandé.

"Arrête de dire des choses comme ça. Tu es ma femme. Je t'aime plus que tout."

"Alors pourquoi n'es-tu pas honnête avec moi?" demanda.

Il secoua la tête.

"J'essaye d'être honnête. Mais je ne peux pas. Ce n'est pas facile. Croyez-moi, j'aimerais que tout soit facile."

«Je ne te comprends plus, Roger.

Une tristesse apparut sur son visage.

«Peux-tu me promettre que tu partiras encore? Je sais que c'est dur d'aller comme ça, mais je ne te le demanderais pas à moins que je ne pense que ça pourrait aider à sauver notre mariage.

"Pensez-vous que notre mariage doit être sauvé?" demanda-t-elle, les larmes aux yeux.

«S'il te plaît, ne complique pas les choses, Rachel. Peux-tu me promettre que tu partiras seule? Je veux que tu rencontres la conseillère et que tu écoutes ce qu'elle a à dire. je t'en prie ".

Des larmes coulaient déjà sur son visage.

Rachel s'y noya et pouvait à peine parler.

Puis elle passa ses bras autour de son mari et lui fit un gros câlin suffocant.

Il n'allait pas perdre son mariage donc peu importe le prix.

DEUXIÈME PARTIE:
Lady Samantha et la femme

27

CHAPITRE 5

Rachel a vu un homme bien habillé après avoir quitté le terminal de l'aéroport avec ses bagages.

L'homme tenait une pancarte avec son nom dessus.

Ils ont parlé et confirmé l'identité des deux.

Elle est montée dans sa voiture de luxe pour un trajet d'environ trente minutes jusqu'à ce qu'ils atteignent leur destination.

Elle espérait se rendre dans un immeuble de bureaux.

Mais il fut surpris de voir que la destination était en fait une grande maison près de la plage, qui ressemblait plus à un manoir.

Le propriétaire de l'endroit était une personne très riche.

Et le propriétaire n'était certainement pas un conseiller conjugal ordinaire.

La voiture s'est arrêtée dans l'allée.

Le chauffeur est allé dans le coffre pour sortir les bagages.

À ce moment, la porte d'entrée du manoir en bord de mer s'ouvrit et une grande femme sculpturale en émergea.

Elle avait l'air magnifique, dans la trentaine, avec de longs cheveux ondulés et un corps modèle.

"Tu dois être Rachel," sourit la femme. "J'ai entendu des choses merveilleuses sur toi."

"C'est moi. Et toi?"

«Samantha. Bienvenue chez moi.

Les deux femmes se sont chaleureusement serrées la main.

"Quel bel endroit. Je ne m'attendais certainement à rien de tel."

"La plupart des gens ne le font pas. C'est dommage que votre mari n'ait pas pu venir."

«Connaissez-vous mon mari? A demandé Rachel.

"Je voyage beaucoup avec mon père pour affaires et j'ai vu votre mari plusieurs fois. Mais nous pourrons en parler plus tard. Je suis sûr que vous êtes épuisé. Laissez-moi d'abord vous montrer votre chambre."

Samantha a conduit Rachel avec le chauffeur dans les escaliers du grand manoir à la chambre d'amis.

Le chauffeur a déposé les bagages dans la chambre puis est parti.

Rachel était dans un état d'émerveillement constant alors qu'elle regardait le manoir.

Il ne pouvait pas comprendre combien tout cela valait.

"Je vais vous laisser vous doucher et vous reposer", dit Samantha. "Les serviettes sont dans la même salle de bain. Venez à la plage vers six heures de l'après-midi. Nous pouvons regarder le coucher de soleil ensemble et prendre du jus de fruits frais."

"Cela semble délicieux".

Samantha sourit.

"On se voit alors".

CHAPITRE 6

Rachel a pris une douche froide et s'est détendue.

La chambre d'amis de la maison était meilleure que n'importe quelle chambre de n'importe quel hôtel de luxe dans lequel il avait séjourné.

Tout était pur luxe et classe.

Il se demanda ce que Roger avait prévu.

* * *

Six heures arrivèrent et Rachel descendit, habillée avec désinvolture pour le temps chaud dans lequel elles étaient.

Il est allé sur la plage et a trouvé que la vue était magnifique.

J'avais oublié à quel point l'océan pouvait être beau, surtout lors d'un coucher de soleil.

Il vit Samantha debout là, admirant la vue sur l'océan.

"Vous avez tellement de chance de pouvoir en profiter tous les jours", a déclaré Rachel.

"En effet."

"Alors qu'est-ce que tu fais exactement ici?"

«Qu'est-ce que Roger vous a dit?

"Pas grand-chose, malheureusement. C'est juste que tu es une sorte de conseiller matrimonial. Mais à première vue, je ne suis plus tout à fait sûr que ce soit le cas."

"Je fais diverses choses," répondit Samantha. «Je fais de l'immobilier et du développement de l'emploi au nom de mon père. Mais je fais aussi des faveurs aux gens. Des faveurs que j'aime vraiment offrir.

"Comment? Conseil matrimonial?"

Samantha a montré un beau sourire.

"Tu peux le dire comme ça aussi."

"Pourquoi tout le monde est-il si vague à ce sujet? Y a-t-il un secret que je ne devrais pas connaître?"

"Si vous voulez connaître la vérité, j'ai aidé de nombreux couples au fil des ans. Je me fiche de l'argent. Je le fais pour le plaisir. J'aime aider."

"Et comment aidez-vous exactement ces couples?" A demandé Rachel.

"Comment pensez-vous? Quelle est la base d'une bonne relation?"

"Amour," répondit Rachel.

«Sexe», fit Samantha. "J'aide les couples à faire du sexe pour eux."

Rachel a été choquée au fond, mais n'a pas laissé son visage le montrer.

Elle a été surprise que son mari bien-aimé de vingt ans y pense quand il lui a parlé d'elle.

«Alors vous êtes sexologue?

"Je n'aime pas vraiment les étiquettes," répondit Samantha. "Mais je sais beaucoup de choses sur le sexe. Je sais ce que les gens aiment et comment il peut être amélioré. C'est un talent naturel que j'ai."

"Je ne pense pas que ce soit bon pour moi. Merci pour la gentille hospitalité, mais je devrais y aller. Je prendrai le prochain vol pour rentrer."

"Vous venez d'arriver".

"Je le sais mais..."

«Roger m'a prévenu que cela vous inquiéterait.

«Avez-vous couché avec lui? Rachel a demandé sans ambages.

"Non. Croyez-moi, votre mari est un homme fidèle. J'ai juste jeté un coup d'œil à lui et je savais que sa vie sexuelle manquait beaucoup. Alors, quand j'ai trouvé une opportunité sur mon emploi du temps, j'ai fait une offre à votre mari."

Rachel plissa les yeux.

"Oui, en échange de plusieurs milliers de dollars de l'argent de mon mari, non?"

"Comme je l'ai dit, l'argent ne veut rien dire pour moi. Regarde autour de moi, je n'ai pas besoin de l'argent de ton mari. Mais si je ne fais pas payer les gens, j'aurai une longue file d'hommes qui attendent devant ma porte pour obtenir un service gratuit. . "

"Eh bien, merci pour l'hospitalité. Je ne veux pas perdre votre temps. Ce n'est pas pour moi. Je prendrai le prochain vol disponible."

Samantha hocha la tête.

«C'est parfaitement compréhensible. Tu peux rester ici aussi longtemps que tu veux. Mon chauffeur t'emmènera quand tu voudras. Je rendrai l'argent de ton mari dès que possible.

"Je vous remercie."

"Bonne chance pour votre mariage," dit Samantha, reportant son attention sur le soleil couchant.

Rachel fit une longue pause.

"Que savez-vous de mon mariage ?"

"Votre mari voulait ça pour une raison précise. Donc je sais que votre vie sexuelle doit être incroyablement ennuyeuse et monotone."

"Il y a plus dans le mariage que le sexe. Nous nous aimons. Nous sommes d'excellents partenaires dans la vie."

"Continue de te dire ça," répondit Samantha. "Votre mari a manifestement le sentiment que quelque chose manque à votre relation. Mais si vous pensez que tout est parfait, alors n'hésitez pas à partir."

Rachel fit une autre longue pause.

«Si je reste ici, je veux dire, au cours des prochains jours, que va-t-il se passer ? Que vais-je faire ici ?

«Si tu restes, je t'apprendrai les joies de la domination et de la soumission. C'est ma spécialité. Quelqu'un comme Roger a besoin de se sentir l'homme dans la relation. Je peux t'apprendre comment le servir correctement.

"Cela semble un peu grossier."

«Le sexe est brut. Mais c'est aussi beau. À quand remonte la dernière fois que tu as eu un orgasme époustouflant? Le genre qui laisse une flaque d'eau entre tes jambes.

"Je ne me souviens pas," répondit Rachel. "Des années. Peut-être plus."

"Pauvre chose. Mais je peux arranger ça. Les femmes plus âgées, en particulier les épouses, sont une de mes spécialités."

"Nous n'allons pas ... vous savez ..."

"Nous le ferons. Nous ferons tout ensemble."

"Je ne peux pas faire ça," répondit Rachel. "C'est fou. Je n'ai jamais rien fait avec une autre femme avant."

Considérez cela comme une expérience d'apprentissage. De plus, ce n'est pas fou si votre mari pense que c'est bénéfique. "

"Vous êtes certainement très enthousiasmé par tout ce projet."

Samantha sourit.

"Tu devrais l'être aussi."

"Et maintenant?"

«Maintenant, je rentre à l'intérieur pour me préparer pour le dîner. Mon chef fait quelque chose de délicieux. Si vous voulez rester, rejoignez-moi pour le dîner. Si vous voulez partir, parlez à mon chauffeur.

"Je veux rester."

"Le dîner devrait être prêt bientôt. Nous pouvons mieux nous connaître. Demain, c'est quand le vrai plaisir commence."

Samantha montra un autre sourire plein d'insinuations.

Puis il se tourna pour entrer dans son grand manoir.

CHAPITRE 7

Le lendemain.

Une petite partie du personnel leur a servi le petit déjeuner en plein air.

Tout a été géré correctement.

Toute la nourriture était fraîchement préparée.

Les deux femmes ont apprécié la compagnie de l'autre pendant qu'elles prenaient le petit déjeuner.

"Je peux vraiment m'habituer à ça," plaisanta Rachel.

Samantha lui fit un clin d'œil.

"Qui cuisine habituellement dans votre maison? Je suppose que c'est vous. Vous semblez être une femme très domestiquée."

"J'ai été élevé à l'ancienne. Je viens d'une longue lignée de femmes au foyer."

"Typique. Vous avez ce look conservateur classique."

"Je l'entends beaucoup," Rachel haussa les épaules. "Mais pour une bonne raison. J'adore prendre soin de ma famille. J'adore être la mère et la femme idéales pour eux."

Samantha hocha la tête.

"Je suis sûr que Roger apprécie tout ce que vous faites dans la maison."

"Oui," répondit Rachel. "J'ai beaucoup de chance de l'avoir. La plupart des maris n'apprécient pas le travail que leur femme fait pour eux."

"Est-ce que Roger vous récompense? Est-ce qu'il vous permet de sucer sa bite?"

"Pardon?"

« Est-ce que Roger te laisse sucer son pénis quand tu as été une bonne fille?

Rachel a été surprise par les propos obscènes au petit-déjeuner, surtout devant le personnel.

Les conversations effrontées sur le sexe lui avaient toujours semblé de mauvais goût.

"Je ne pense pas que ce soit votre affaire," répondit Rachel.

"N'est-ce pas vrai? Je pensais que tu voulais mon aide."

"Je suppose, mais ..."

"Soyez honnête. Nous sommes tous les deux des femmes adultes. Et mon personnel est très discret. J'essaye juste de vous aider."

Rachel poussa un léger soupir.

"Je le fais pour lui, seulement parfois. Je n'aime pas vraiment le faire".

"Alors en quoi consiste ta vie sexuelle avec Roger? Est-ce qu'il grimpe sur toi, te donne quelques balançoires et puis court?"

"Fondamentalement."

Samantha a failli rire.

"Ce n'est pas une belle vie sexuelle. Cela ressemble plus à une formalité."

"Cela fonctionne pour nous."

"Evidemment non. Roger veut que vous soyez ici pour une raison. Je déteste vous annoncer la nouvelle, mais Roger est un garçon normal et excité. Il adore le sexe. Et il adore se faire des pipes. Mais il est trop timide pour demander des services à sa jolie petite femme. supplémentaire. "

"Vous êtes présomptueux."

Samantha haussa un sourcil.

"Suis-je? Est-ce que Roger a déjà rejeté le sexe? Est-ce qu'il ressemble à un lycéen à chaque fois que vous sucez sa bite? Vous savez que j'ai raison. Tous les hommes sont pareils en matière de sexe."

"Ce n'est pas comme ça que j'ai grandi," dit Rachel après une longue pause. «Vous avez probablement raison pour Roger. Mais je ne sais plus comment lui plaire.

Samantha fit claquer ses doigts et quelqu'un du personnel apporta un jouet sexuel sur un plateau en argent.

Samantha l'a ramassé et le personnel est parti.

Le sextoy couleur chair avait la forme du pénis d'un homme.

«C'est incroyable de voir à quel point ces jouets pour adultes sont devenus réalistes», a déclaré Samantha, le tenant debout et étonné.

Même s'ils étaient à l'extérieur, Samantha ne semblait pas gênée de tenir un gode.

Rachel se sentait un peu mal à l'aise, même s'il n'y avait personne d'autre autour.

«N'as-tu pas peur que quelqu'un vienne te voir avec ça? A demandé Rachel.

"Il est parfaitement légal d'avoir un sextoy dans l'Etat."

Rachel hocha la tête d'un air penaud.

"Tu as raison."

"Il n'y a rien de mal à en embrasser un."

"Que veux-tu dire?"

Samantha secoua légèrement le gode.

«Vas-y, embrasse-le.

"Parce que?"

"Je suis curieux de savoir à quoi vous ressemblez avec un pénis dans la bouche."

Rachel eut l'air nerveuse quand Samantha lui tendit le gode, qui était pointé sur son visage.

Elle a imaginé que se disputer serait inutile.

Elle était invitée dans une maison de luxe.

Elle savait qu'il serait impoli de refuser la demande.

Il se pencha en avant sur la table et embrassa la tête du gode.

«Maintenant, ouvrez vos lèvres», dit Samantha. "Emmenez-le à l'intérieur."

Rachel se sentit mal à l'aise, mais elle le fit quand même.

Elle a permis au jouet sexuel d'entrer dans sa bouche.

Samantha a commencé à pousser et à tirer le gode dans la bouche de Rachel pour simuler le sexe oral.

"C'est tout?" Dit Samantha, regardant attentivement. "Suce. Tout comme ça. Imagine que c'est celui de Roger."

En entendant ces mots, un feu a été allumé à Rachel.

Elle suçait plus fort, plus vite et plus fort.

Elle a vraiment commencé à pratiquer le sexe oral avec un gode.

Avant que Rachel ne puisse continuer, Samantha retira le gode de sa bouche et Rachel se pencha en arrière sur son siège.

"Pas mal," dit Samantha. "Mais vos talents de fellation pourraient s'améliorer un peu. Nous y travaillerons plus tard. Je pense que Roger sera très heureux pour votre retour à la maison."

"Je l'espère," rougit Rachel.

Samantha sourit.

"Nous avons une longue journée d'entraînement devant nous. Finissons notre petit-déjeuner et profitons de notre temps."

Ils ont repris leur petit-déjeuner.

Rachel baissa les yeux sur sa nourriture, mais pensait toujours aux derniers mots de Samantha.

Formation? Qu'est-ce qu'il voulait dire par là?

CHAPITRE 8

La chambre de Samantha se composait d'un grand et spacieux espace.

Et c'était simple mais élégant.

Les meubles semblaient rustiques et chers.

Le balcon était ouvert et offrait une vue parfaite sur l'océan.

"Son mari m'a dit votre taille et vos mensurations", a déclaré Samantha. «Alors je suis allé de l'avant et je t'ai acheté une nouvelle garde-robe.

Il y avait une valise au milieu de la pièce.

Samantha l'a ouvert pour révéler une grande variété de vêtements, la plupart assez révélateurs, et une grande variété de sous-vêtements.

Rachel était stupéfaite.

«C'est tout pour moi?

"Tout dans cette valise est pour toi. Je t'ai aussi acheté un nouveau kit de maquillage."

"Quel est le problème avec mon maquillage?"

"Rien si vous êtes comptable," répondit Samantha. «Mais si vous voulez donner à votre mari une érection régulière, vous devrez travailler un peu plus dur.

"Roger aime ça comme je l'aime."

"Tu es une très jolie femme. Je suis sûr que Roger pense que tu es la plus belle femme du monde. Mais parfois les hommes veulent juste une sale pute dans la chambre. Ce sont les faits."

Rachel fit une pause.

"Je ne suis plus vraiment une jeune femme."

"Il n'y a absolument rien de mal avec les femmes de votre âge. Tout le monde aime les femmes plus âgées. J'adore les femmes plus âgées."

"Alors que faisons nous?"

«C'est bien d'être une femme au foyer primitive et convenable. Mais c'est aussi bien d'être une sale petite salope dans la chambre de temps en temps. C'est ce que je vais vous apprendre.

Rachel prit une profonde inspiration.

"Très bien. Je garderai l'esprit ouvert à tout ce que vous avez à dire."

"Bien. Déshabille-toi maintenant."

"Pardonne-moi?"

"Déshabille-toi. Enlève tes vêtements. Tout ça."

"Parce que?"

«Je pensais que tu avais dit que tu gardais l'esprit ouvert» dit Samantha avec un sourcil levé. "Si vous voulez mon aide, écoutez ce que j'ai à dire."

Rachel savait déjà que se disputer avec Samantha n'était jamais une stratégie gagnante.

Elle prit une profonde inspiration pour reprendre courage et retira ses vêtements avec hésitation, pliant soigneusement chaque vêtement et le plaçant sur le lit voisin.

C'était un peu embarrassant pour Rachel de se déshabiller devant Samantha, car son corps était âgé et Samantha était très jeune et en forme.

Mais Rachel se dit que c'était comme se déshabiller devant le médecin.

Samantha avait probablement vu de nombreuses femmes nues de son âge.

Elle a tout vu.

Quand ce voyage sera terminé, je n'aurai plus jamais à la revoir.

Alors, qui se soucie si elle me voit nue?

Elle a enlevé tous ses vêtements et à la fin Rachel était complètement nue devant une femme beaucoup plus jeune et plus séduisante.

"Très féminine et belle," dit Samantha avec un petit indice en hochant la tête.

"Ça tu crois?"

"Comme je l'ai dit, j'adore les femmes plus âgées. Et j'aime les femmes au foyer. Je pense que vous êtes extrêmement attirante."

Rachel haussa les épaules.

"Et quelle est la prochaine étape?"

"Suivez-moi."

Samantha a conduit Rachel à la commode.

Rachel était assise devant le grand miroir et une table pleine de produits de beauté design.

Ils regardèrent tous les deux le reflet seins nus de Rachel dans le miroir.

Samantha a ensuite utilisé une serviette humide pour essuyer le maquillage de Rachel jusqu'à ce que son visage soit propre.

Les rides et les lignes d'âge sur le visage de Rachel étaient devenues plus apparentes.

«Tu as une telle beauté naturelle, Rachel. Tu es très jolie.

"Je vous remercie."

"Mais nous ne sommes pas intéressés par la beauté pour le moment", a déclaré Samantha. «Nous sommes intéressés par sexy. Es-tu prêt pour ça, Rachel?

"Je crois que oui."

"Nous allons commencer."

Samantha est allée directement travailler l'application de cosmétiques.

Elle a habilement appliqué une couche de fard à joues, fard à paupières, mascara, eye-liner et une nuance brillante de rouge à lèvres.

Seconde par seconde, la sage femme au foyer a vu son apparence se transformer.

Quand elle eut fini, Rachel pouvait à peine se reconnaître.

"Qu'en penses-tu?" Demanda Samantha, fière de son travail.

"Ça a l'air ... ça a l'air ... intéressant ..."

Samantha tapota les épaules de la femme.

"Tu t'y habitueras. Souviens-toi juste que c'est juste pour toi et Roger. Personne d'autre."

"J'ai compris."

« Maintenant, on va t'habiller, d'accord ?

Rachel se leva et suivit Samantha dans la grande salle.

Samantha fouilla dans la valise et en sortit une fine robe rouge.

"Essayez ceci," dit Samantha. "Et regarde-toi dans le miroir."

Rachel regarda son reflet nu dans le miroir alors qu'elle enfilait sa robe.

C'était clairsemé, mince et petit.

Surtout, c'était semi-transparent.

La couleur de ses mamelons et de ses poils pubiens était parfaitement visible.

"C'est un peu révélateur, tu ne trouves pas ?" Rachel a exprimé ce qui était évident.

« C'est l'idée. Quand tu es à la maison, je veux que tu utilises ça pour Roger à tout moment. Ce sera un mariage plus heureux.

« Tu veux que je sois pratiquement nue à tout moment ?

"Pensez-y, est-ce que Roger discuterait avec vous pendant que vos tétons sont exposés ?"

"C'est certainement une façon amusante de voir les choses," répondit Rachel avec un petit rire.

Samantha sourit.

"J'ai aidé de nombreux couples au fil des ans. Faites-moi confiance, je sais de quoi je parle."

Les deux femmes se sourirent joyeusement avant d'essayer d'autres tenues.

CHAPITRE 9

Plus tard dans la journée.

Rachel était dans un état de profonde relaxation.

J'étais dans la salle du spa, seule avec une masseuse formée.

Son esprit s'éloigna alors que son dos recevait un massage expert.

C'était du bonheur.

"Je suis contente que tu t'amuses," dit Samantha en entrant dans le spa.

"C'est le paradis."

«Un bon massage est toujours paradisiaque. Je suis désolé de vous interrompre, mais je viens de parler à mon père au téléphone. Il s'est passé quelque chose.

Rachel s'est assise pour écouter les nouvelles.

Ses seins montraient, mais elle s'en fichait.

"Tout va bien?" elle a demandé.

"Tout va bien. Mais mon père est en train de dîner avec plusieurs de ses partenaires commerciaux, et il veut que je la rejoigne. Il veut que je sois au courant. De plus, je suis doué pour recevoir des invités."

"Je devrais y aller?" Rachel a demandé, craignant secrètement le pire.

"Non, non. Mais je ne sais pas à quelle heure je serai de retour, alors installez-vous confortablement chez moi. J'ai déjà demandé au personnel de vous préparer un bon dîner. Faites ce que vous voulez après. Il y a des livres, des films, de la musique, tout ce que vous voulez. Mon personnel vous aidera avec tout ce dont vous avez besoin. "

"Merci tu es très gentil."

Samantha haussa un sourcil.

«Si vous êtes d'humeur pour quelque chose d'un peu plus provocant, alors essayez la collection de DVD dans ma chambre. Qui sait, vous verrez peut-être quelque chose que vous aimez.

"Je vais garder cela à l'esprit," répondit Rachel, ne sachant pas comment interpréter les insinuations.

"Amusez-vous bien. J'essaierai de revenir bientôt."

"Bonne nuit."

Samantha sourit et partit.

CHAPITRE 10

Cette même nuit.

Le manoir luxueux avait l'air un peu ennuyeux sans son propriétaire.

Après un dîner matinal, Rachel a regardé le coucher du soleil et a de nouveau exploré la maison.

Il a jeté un coup d'œil à ce qu'il avait pour la collection de cinéma maison et de musique, mais rien ne l'intéressait beaucoup.

Maintenant, il regardait la télévision dans le salon.

La nouvelle était la seule chose qui l'intéressait.

Il se demanda comment allait Roger.

Elle se demanda si Roger lui manquerait.

L'ennui est venu.

Il était onze heures du soir et Rachel décida de se coucher.

Sur le chemin de sa chambre, il passa la chambre de Samantha.

La porte était grande ouverte.

L'offre de regarder ses DVD privés était toujours dans l'esprit de Rachel.

Pourquoi pas?

Elle m'a invité à entrer dans sa chambre pour regarder.

Rachel entra dans la chambre principale et se dirigea vers la grande télévision.

Les DVD n'étaient pas difficiles à trouver.

Il y avait plus de 200 DVD, a-t-il estimé.

Tous les DVD étaient faits maison.

Chaque DVD avait un nom écrit dessus, ainsi qu'une date.

Rachel a allumé la télévision et le lecteur DVD.

Elle a sélectionné un DVD au hasard intitulé: Joseph 03-07-2018

Le DVD commença et Rachel s'assit sur le lit.

Elle a été surprise par ce qu'elle a vu.

Un homme nu est apparu sur l'écran.

Il était d'âge moyen et en forme normale.

Il avait le visage d'un homme d'affaires prospère.

Son pénis était petit et flasque.

Il avait l'air timide.

Je regardais directement la caméra.

Il se tenait dans une chambre d'amis.

L'homme a déclaré son nom, son âge et que son emploi était un promoteur immobilier.

La scène était très étrange et rendait Rachel extrêmement mal à l'aise.

Il ne pouvait pas comprendre pourquoi Samantha aurait un DVD comme ça.

Rachel se leva et était sur le point d'éteindre le DVD lorsqu'elle entendit soudain la voix de Samantha provenant de la télévision.

Il commençait à donner des ordres à l'homme nu.

Rachel se rassit pour continuer à regarder.

L'homme nu sur l'écran se caressa.

Son petit pénis est devenu un peu plus gros et plus rigide.

L'homme s'est agenouillé lorsque la voix de Samantha lui a ordonné.

Samantha est apparue sur l'écran et Rachel a presque haleté.

Samantha est apparue dans la vidéo portant un corset en cuir serré, montrant ses bras et ses jambes.

Il y avait un long gode attaché entre les jambes de Samantha qui devait mesurer au moins six pouces de long.

Samantha se tenait devant l'homme agenouillé, et l'homme a commencé à sucer son pénis de la ceinture avec enthousiasme.

Tout ce que Rachel pouvait faire était d'avoir l'air presque sous le choc.

J'étais complètement incrédule que Samantha ait fait une telle chose avec un homme.

Son instinct lui a dit d'éteindre le DVD, mais il ne pouvait pas.

L'écran était devenu hypnotique.

Dans la vidéo, Samantha a ordonné à l'homme de se lever et de se pencher sur le lit.

Il l'a fait avec enthousiasme.

Samantha a ensuite appliqué une grande quantité de lubrifiant sur le sextoy et s'est positionnée derrière l'homme.

Rachel haleta en regardant Samantha pénétrer l'homme.

C'était tout ce que Rachel pouvait supporter.

Il s'est levé et a éteint le DVD.

Quand il a remis le DVD à sa place dans la collection, il a vu une autre vidéo étiquetée Anna 05-23-2019.

Il a été enregistré il y a seulement quelques mois et le protagoniste devait être une femme.

Rachel était curieuse, elle a inséré la vidéo et s'est assise sur le lit.

La vidéo montrait une femme mature et nue.

La femme était au début de la cinquantaine.

De toute évidence une femme au foyer.

La vidéo a également été prise dans la même pièce, mais cette fois, Samantha tenait la caméra et parlait à la femme au foyer.

Samantha a ordonné à la femme de s'agenouiller et de ramper vers la chatte de Samantha.

La femme a savamment pratiqué le sexe oral sur la chatte rasée de Samantha.

Rachel était submergée par le désir qu'elle ressentait en regardant la vidéo de sexe privée de Samantha à la maison.

Il se pencha et se toucha en regardant.

Elle a commencé à jouer avec sa chatte.

Le lesbianisme et la soumission n'ont jamais été ses fantasmes, mais il y avait quelque chose de fascinant dans les vidéos personnelles de Samantha.

Rachel a continué à se frotter la chatte jusqu'à la fin de la vidéo.

Puis il a joué une autre vidéo, cette fois d'un couple.

Le temps passait et Rachel avait déjà regardé quelques autres vidéos.

Elle jouit puissamment en regardant du porno fait maison.

Cela faisait longtemps qu'elle n'avait pas ressenti un si bon orgasme.

Elle ferma les yeux pour se reposer un moment.

* * *

Rachel se réveilla et sentit un doigt frotter sa peau.

Ses yeux s'écarquillèrent.

Il faisait encore nuit.

Elle leva les yeux et vit Samantha debout au-dessus d'elle avec un sourire sur son visage.

"Je vois que vous avez apprécié ma collection," sourit Samantha.

Rachel a rapidement couvert sa chatte.

"Oh mon Dieu. Je suis vraiment désolé. J'ai dû m'endormir."

"Il n'y a rien à regretter. Vous avez trouvé quelque chose que vous aimez. Nous sommes maintenant prêts pour la prochaine étape."

Les deux femmes se regardèrent dans les yeux.

Il y eut un bref moment de silence entre eux.

Et il y avait aussi une compréhension tranquille que les choses allaient devenir beaucoup plus intéressantes.

TROISIÈME PARTIE:
L'esclavage est notre plaisir

49

CHAPITRE 11

Le petit déjeuner était presque inconfortable le lendemain matin pour Rachel.

C'était la première fois de sa vie qu'elle était surprise en train de se masturber.

Il avait un sentiment de honte et d'inconfort.

"Vous devez avoir beaucoup de questions", a déclaré Samantha.

"Quelque chose."

"Ne soyez pas timide. Écoutons-nous."

"Que faisais-tu exactement dans ces vidéos?" A demandé Rachel.

"Différentes personnes ont des fétiches différents. C'est un fait de la sexualité humaine. Je fournis simplement un service pour ces fétiches."

"Es-tu une sorte de dominatrice, ou comment s'appelle-t-elle aujourd'hui?"

Samantha sourit.

"Quand je veux l'être. Ou si quelqu'un a besoin de mon aide."

« Appelez-vous cette aide? Demanda Rachel en haussant les sourcils.

« Bien sûr que oui. As-tu vu combien ces gens ont couru?

Rachel se sentit soudain timide.

"Étiez-vous ... euh ..."

"Vas-y. Demande juste. Je ne vais pas mordre."

Rachel prit une profonde inspiration.

« Aviez-vous l'intention de faire une de ces choses à moi ou à Roger? C'était le plan depuis le début? Est-ce que Roger veut être sodomisé en laisse? Veut-il me voir faire une fellation à une femme?

"Ce sont les grandes questions, n'est-ce pas?"

"Vas-tu me donner une réponse?"

Samantha fit une pause dramatique pendant un long moment alors qu'elle buvait le jus fraîchement pressé.

"La réponse est la suivante," répondit Samantha. "Votre mari n'a aucune idée de ce qu'il veut. Il sait qu'il veut une meilleure vie sexuelle. Il sait qu'il ne veut pas coucher avec une femme sans émotion chaque semaine."

«Roger m'a traité de femme sans émotion? Rachel a demandé avec des sentiments blessés.

"Pas avec ces mots. Mais la façon dont il a décrit sa vie sexuelle, tu pourrais aussi bien être sans émotion.".

"Alors, que pensez-vous que Roger veut? Que je sois soumise comme les femmes de vos vidéos?"

"Peut-être. C'est à ça que servait ce voyage. Malheureusement, il était occupé et je ne peux pas l'aider. Mais heureusement tu es là."

"Vous plaisantez j'espère?"

"Non. Il ne l'est pas. Je peux dire qu'il ne l'est pas. Mais il est sur le point de le faire. Le sexe que vous offrez est inapproprié pour un homme comme lui."

"Qu'est-ce que je dois faire?" A demandé Rachel.

"Faites ce que je vous dis. Habillez-vous comme je vous l'ai demandé. Sucez sa bite comme je vous l'ai appris. En fait, je m'attends à ce que vous lui fassiez une pipe tous les matins avant le travail, et à nouveau quand il rentre à la maison. Aucune excuse. pas à. "

Rachel hocha la tête.

"Je peux le faire."

"Mais il y a encore plus à apprendre. Le sexe oral ne résout pas tout, croyez-le ou non."

"Et qu'est-ce que c'est?"

Samantha lui lança un regard sournois.

"Nous devrons le découvrir après le petit déjeuner."

CHAPITRE 12

Il y avait une tension notable dans l'environnement quand Rachel suivit Samantha dans une pièce privée du manoir.

La pièce avait des murs lisses et des meubles simples.

Il y avait un petit lit de seulement deux pieds de haut.

Le lit était simplement couvert, sans couvertures ni oreillers, juste un drap.

«Ne perdons pas de temps», dit Samantha. "Votre mari veut une femme soumise. Au fond, je pense que vous aspirez à une figure sexuelle dominante."

"Je ne suis pas du tout d'accord," dit fermement Rachel.

"Oh?"

"Je ne pense pas que Roger m'aime de cette façon. Et j'ai certainement mes limites. J'ai toujours senti qu'une bonne relation est basée sur l'égalité."

"Même pendant les rapports sexuels?"

"Oui."

Samantha se lécha les lèvres.

"Vous avez beaucoup à apprendre aujourd'hui."

"Je garderai l'esprit ouvert à ce que vous suggérez."

Samantha hocha la tête.

"Je t'ai amené ici pour une raison précise. C'est une chambre pour débutants. Tu n'es pas encore prête pour la salle de bondage."

"Cela semble intimidant."

"Intimider dans le bon sens. Mais pour l'instant, nous allons nous contenter de cette pièce car elle est facile à nettoyer après une catastrophe."

"Qu'est-ce que c'est censé vouloir dire?" A demandé Rachel.

«Cela signifie que je vais te faire jouir. De la bonne façon. Je vais te montrer à quoi ressemble un véritable orgasme.

«Samantha, j'apprécie tout ce que tu fais pour moi, mais je ne pense vraiment pas que ce soit nécessaire.

"Bien sûr que oui," répondit fermement Samantha. "Vous ne pouvez pas devenir un vrai soumis sans en avoir ressenti les plaisirs. Nous commencerons lentement. Je vous faciliterai un nouveau style de vie."

Rachel a été frappée par le mot lifestyle.

Les choses allaient devenir plus intéressantes.

Et j'étais curieux de savoir où les choses allaient.

"Bien," répondit-elle. "Je ne discuterai pas. Je ne me plaindrai pas. Je ferai ce que vous demandez."

«Je veux voir ton derrière. Je te veux nue de la taille vers le bas. Puis allonge-toi sur le lit. Gardez les pieds sur le sol.

Rachel était préoccupée par la demande.

Mais elle l'a fait quand même puisqu'elle avait dit qu'elle le ferait sans se disputer.

Elle a tout dépouillé en laissant ses fesses en l'air et a soigneusement placé ses vêtements sur le lit.

Maintenant, elle se tenait avec son buisson moyennement poilu exposé à Samantha.

Puis il s'allongea sur le petit lit, les pieds toujours sur le sol.

"Tu devras te raser plus tard," dit Samantha en regardant ses poils pubiens.

"Mon mari aime ça."

Rasez-vous aujourd'hui. Ne vous inquiétez pas, il repoussera.

Rachel roula des yeux.

"Évident."

"Maintenant écarte les jambes. Large."

Rachel l'a fait.

Elle écarta les jambes et donna à Samantha une vue dégagée sur sa chatte.

Elle ne se sentait pas en sécurité en montrant sa chatte mature à une belle jeune femme, mais elle supposait qu'il y avait un but derrière tout cela.

"Heureux maintenant?"

"Belle chatte," apprécia Samantha. "Il est joli."

"Vas-tu rester là et le regarder?"

"Bien sûr que non. Si cela ne vous dérange pas, je vais attacher vos jambes au lit avant de vous faire jouir. Détendez-vous, je vous promets que vous l'apprécierez."

Samantha chercha quelque chose sous le lit et en sortit une corde qu'elle utilisait pour attacher les chevilles de Rachel aux poteaux opposés du lit.

Tout a été fait avec une précision experte.

Samantha était clairement une experte des cordes et de l'esclavage.

Quand il eut fini, les jambes de Rachel étaient écartées à la manière d'un aigle, attachées et sa chatte était grande ouverte.

Un bourdonnement fort résonna dans la pièce.

"Qu'est-ce-que c'est que ça?" Rachel a demandé, regardant Samantha.

Samantha a brandi un gros jouet sexuel vibrant, qui ressemblait et ressemblait à un outil électrique.

L'appareil avait un haut vibrant conçu pour stimuler le clitoris d'une femme.

"Cela va changer votre vie pour le mieux. Maintenant, détendez-vous."

Rachel était allongée les yeux écarquillés sur le lit.

La chose se rapprochait entre ses jambes.

Samantha avait l'air d'être sur le point d'effectuer une intervention médicale avec le puissant appareil vibrant.

Le haut vibrant s'est rapproché de la chatte exposée.

Le puissant vibromasseur toucha le bout du clitoris de Rachel.

"Aaahhhh !!!!" la femme au foyer mature hurlait de douleur.

Samantha s'éloigna un instant.

"Détends-toi. Détends-toi, chérie. Détends-toi juste pendant que je prends soin de toi."

La puissante vibration a été ramenée au clitoris.

Rachel hurla de nouveau.

Il aurait pu supplier Samantha d'arrêter.

Elle aurait pu s'asseoir et pousser Samantha.

Elle aurait pu se battre.

Mais elle ne l'a pas fait.

Rachel s'allongea simplement sur le lit et absorba l'intense stimulation.

Même si c'était douloureux, il y eut aussi un petit éclair de plaisir.

Le plaisir grandissait et grandissait.

Rachel a continué dans l'angoisse, mais a essayé de détendre son corps.

Elle a accepté le sentiment puissant.

Ses jambes tiraient et se battaient contre la corde, mais cela n'aidait pas.

Ses jambes ne pouvaient pas bouger.

La sensation dans son corps était en conflit.

Elle voulait résister, mais elle voulait aussi laisser couler les sentiments.

Elle a continué à gémir et à se jeter sur le lit.

Samantha a pressé la paume de sa main contre le corps de la femme au foyer.

Puis elle a poussé le dispositif sexuel vibrant contre le clitoris.

La stimulation était irréelle.

La femme au foyer mature hurlait d'agonie et de plaisir.

Ses jambes se sont battues contre la corde de toutes ses forces.

C'était une bataille perdue.

Quand Samantha a inséré deux doigts dans sa chatte, entrant et sortant, Rachel est venue.

Elle courait et courait.

Elle giclait et giclait plus de son jus.

C'était un orgasme humide qui a fait un vrai désordre partout.

Le dos de Rachel s'arqua violemment.

Ses orteils se recourbèrent.

Il a fait des grimaces étranges tout en étant presque méconnaissable pendant un moment.

Puis son corps est devenu complètement mou.

Samantha éteignit l'appareil et sourit à son travail.

Il abaissa l'appareil et dénoua les chevilles de la ménagère.

Elle s'assit sur le lit et frotta les cheveux de Rachel, remarquant à quel point elle était belle.

"Ne vous battez pas pour parler pour l'instant," dit Samantha, en frottant toujours les cheveux de Rachel. "Détendez-vous. Profitez de votre bonheur. Je suis sûr que votre clitoris doit faire mal en ce moment."

Rachel hocha la tête.

"Oui."

"Reposez-vous. Laissez votre clitoris récupérer. Nous continuerons à nous entraîner plus tard dans la journée."

Samantha se pencha pour embrasser Rachel sur le front, puis sur la joue, puis sur les lèvres.

CHAPITRE 13

Le temps passa sans hâte.

Ils ont déjeuné ensemble et ont parlé de choses normales.

Une amitié s'est développée entre eux.

Le sujet du sexe n'était plus jamais revenu, et le clitoris de Rachel avait assez de temps pour guérir de l'agression vibratoire.

Rachel a fait une sieste au milieu de l'après-midi et quand elle s'est réveillée, il y avait une belle robe noire sur son lit.

Une paire de chaussures à talons hauts était également sur le lit.

Il y avait une note manuscrite sur le haut de la robe.

La note disait:

Prenez une bonne longue douche. Ensuite, appliquez votre maquillage comme je vous l'ai appris. Et puis enfilez votre robe et vos talons sans rien d'autre en dessous.

Nous nous retrouverons en bas dans la salle de l'esclavage à six heures de l'après-midi. La porte sera déverrouillée. "

La note était signée par Samantha.

Un picotement grandit entre ses jambes.

Rachel est sortie du lit et s'est douchée.

Elle se sécha et regarda son reflet nu dans le miroir avant de se maquiller.

Elle a appliqué chaque produit cosmétique exactement comme Samantha lui avait appris.

Rachel a mis sa robe devant le miroir de la chambre.

La robe était élégante et sexy.

Elle s'est émerveillée de son reflet.

Elle ressemblait à une femme très différente.

***

Il est descendu à exactement six heures de l'après-midi, puis est allé dans le couloir.

Il était facile de savoir où se trouvait la salle d'esclavage.

C'était la seule pièce du manoir où la porte était toujours fermée.

Maintenant, la porte était ouverte et il semblait y frapper.

La salle de bondage semblait ennuyeuse comparée au reste de la maison.

C'était une chambre de taille moyenne sans rien de valeur.

Il y avait des tables et des chaises.

Il y avait d'autres objets d'apparence intéressante, comme une corde suspendue au plafond et des appareils étranges qui semblaient rugueux.

Rachel entra dans la pièce et laissa ses yeux la parcourir.

L'anticipation grandit.

«Est-ce que c'était ce à quoi vous vous attendiez? Dit la voix de Samantha par derrière.

Rachel se retourna pour voir Samantha vêtue d'un corset en cuir rouge et de bottes noires.

Elle a montré ses bras et ses jambes toniques et ses cheveux ont été tirés en arrière.

Elle était habillée en véritable dominatrice.

Samantha a ensuite fermé la porte.

"J'espérais un peu plus, pour être honnête," dit Rachel, cachant ses nerfs.

"La plupart des gens attendent plus de ma salle de bondage. Mais je préfère la simplicité. J'aime avoir cet élément de surprise."

"Que veux-tu dire?"

"J'aime que les gens sous-estiment cette pièce," sourit Samantha. "De plus, le type de jouets et d'appareils utilisés n'a pas d'importance. C'est la volonté de se soumettre, et le pouvoir dominant sur le soumis, qui fait une bonne relation érotique BDSM. Pas les jouets."

Les mains de Rachel désignèrent la pièce.

Cependant, nous y sommes. "

"Ne vous méprenez pas," dit Samantha en se dirigeant vers la femme au foyer. "J'adore utiliser des jouets. Et j'aime aussi les cordes. Elles améliorent mon pouvoir sur les soumis de bien des manières."

«Que vas-tu me faire?

Les yeux de Samantha regardaient de haut en bas la femme au foyer.

"J'ai oublié de mentionner à quel point tu es belle dans cette robe. Elle est parfaite pour toi, montrant toutes tes courbes. Et ton maquillage, je suis impressionné. Tu apprends vite."

"Merci. Vous avez l'air ... euh ... attrayant dans cette tenue."

"J'essaie toujours de paraître sous mon meilleur jour."

"Alors qu'est-ce que tu vas me faire?" Rachel a demandé à nouveau, presque désespérée de savoir.

Samantha s'avança et approcha ses lèvres de l'oreille de la ménagère.

"Je vais te ligoter," dit doucement Samantha. "Alors je vais te faire revenir encore et encore. Tu appartiens à ton mari. Mais ce soir, tu m'appartiens. Ta chatte m'appartient. Et tes orgasmes aussi à moi."

Les yeux de Rachel s'écarquillèrent.

"Oh. Je ... euh ..."

«Je suppose que Roger ne vous a jamais ligoté.

"Jamais."

"Parfait. J'adore être le premier de quelqu'un. Reste tranquille."

Rachel resta immobile, timidement, dans sa robe chère, alors qu'elle regardait Samantha tourner un appareil sur le mur.

La corde suspendue au plafond descendit là où se trouvait Rachel.

"Vas-tu me ligoter avec ça?" A demandé Rachel.

"Il existe un problème?"

Rachel secoua nerveusement la tête.

"Ne pas."

"Très bien. Maintenant, donnez-moi vos poupées."

Samantha a utilisé la corde douce et a noué les poignets de Rachel de manière experte.

Le nœud était serré.

Les mains de Rachel étaient liées.

Il n'a fait aucune résistance.

Une fois qu'elle lui a attaché la corde, Samantha est retournée au mur et a tourné l'appareil dans la direction opposée.

Cela fit monter les mains de Rachel au-dessus de sa tête.

Rien de trop douloureux, mais assez pour empêcher Rachel de bouger.

"Confortable?" Demanda Samantha avec un demi-sourire.

Rachel tremblait presque alors qu'elle se tenait les mains attachées au-dessus de sa tête.

"Mes poignets me font mal."

"Ça fait mal parce que vous vous battez. Détendez-vous. Donnez-vous à moi."

Samantha a ouvert un tiroir à proximité et a fouillé à l'intérieur.

Il sortit un couteau et se dirigea lentement vers Rachel avec un sourire méchant, agitant l'objet pointu.

"Oh mon Dieu!" Rachel haleta de peur, pensant que quelque chose d'horrible allait se passer. "S'il vous plaît, non! Mon Dieu! Mon Dieu!"

«Ne sois pas idiot. Je ne vais pas te faire de mal. Enfin, pas dans le mauvais sens.

Samantha a porté le couteau sur le haut de la robe de Rachel.

Puis elle a coupé, divisant la robe en deux.

Samantha posa le couteau sur une table voisine, puis ouvrit le haut de la robe, exposant les deux seins ronds de Rachel.

"Maintenant tu ressembles à une vraie pute," sourit Samantha. "Maquillage excité, jolis cheveux, talons chers et une robe déchirée qui expose vos vieux seins défoncés. Tous les signes d'une pute. Tu n'es pas d'accord?"

Rachel hocha nerveusement la tête.

"Oui."

"Je suis toujours la règle des dix centimètres. Dites-moi, quelle est la taille du pénis de votre mari?"

"Environ six pouces," admit Rachel.

"Roger mesure douze centimètres, alors j'ajoute dix centimètres supplémentaires. Ce qui fait un total de vingt-deux centimètres."

Samantha a ouvert un autre tiroir pour prendre un gode de 15 cm.

Elle le regarda, étonnée de sa taille.

Puis elle a mis une sangle autour de son entrejambe et a attaché le gode de six pouces.

"Vas-tu mettre ça en moi?" Rachel a demandé nerveusement.

"Je vais te baiser avec ça," répondit Samantha, appliquant une lubrification à l'objet sexuel. "As-tu déjà eu des relations sexuelles debout?"

"Ne pas."

"Une autre première fois."

Samantha se tenait devant Rachel.

Ils étaient face à face, distants de quelques centimètres.

Samantha était en sécurité et calme.

Rachel était dans un désordre nerveux.

La tension sexuelle était épaisse dans l'air.

Samantha se pencha en avant et donna à Rachel un gros baiser sur les lèvres.

C'était doux au début.

Puis plus passionné.

Ensuite, il est devenu plus rugueux.

Samantha mordit doucement la lèvre inférieure de Rachel.

Puis ils ont continué à s'embrasser avec leurs langues.

Alors qu'ils s'embrassaient, Samantha baissa les mains et souleva la robe de Rachel.

Puis il guida le bout de sa ceinture sur les lèvres de Rachel.

Rachel écarta les jambes en se tenant debout.

Le gode pointa sa chatte.

"Je vais te pénétrer maintenant," murmura Samantha à l'oreille de Rachel.

"Sois gentil."

"Non," murmura Samantha.

Alors que les deux femmes restaient entrelacées, Samantha donna une forte poussée et entra dans la chatte de Rachel, provoquant un halètement audible.

Samantha a donné une autre poussée et est entrée plus.

L'objet sexuel devenait plus profond.

À un moment donné, l'objet sexuel de vingt-deux centimètres était complètement enfoui dans la chatte.

Rachel gémissait et ses jambes tremblaient.

Samantha a montré sa force physique en saisissant fermement les deux cuisses de Rachel dans les airs.

Rachel était complètement sur le sol, ses mains pendantes à la corde au plafond.

Ses pieds et ses talons s'agitaient sauvagement avec Samantha tenant ses jambes.

"Ne vous battez pas," dit Samantha, tenant la femme au foyer en l'air. "Plus vous vous battez, plus ça fera mal. Rendez-vous à moi."

Samantha se pencha en arrière et donna une autre forte poussée, poussant le gode plus profondément dans sa chatte.

Les mains de Samantha tenaient fermement les jambes de Rachel.

Rachel pendait dans les airs alors que la dominatrice la pénétrait.

Ils baisaient.

Ils se regardèrent dans les yeux.

Rachel pleurait et gémissait.

Mais elle n'a jamais dit à Samantha d'arrêter.

Elle n'osait pas, mais elle ne voulait pas non plus.

Cela faisait partie de l'entraînement, et il a commencé à se sentir agréable alors que son corps s'adaptait à sa taille.

Ses cheveux étaient ébouriffés, tout comme ses pieds.

Il aimait se faire baiser par Samantha.

Son corps était en feu.

Les poignets de Rachel faisaient mal.

La peau autour de ses poignets prenait une teinte rouge foncé alors que son corps était suspendu dans les airs.

Mais la douleur dans ses poignets n'était rien comparée à la sensation que ressentait sa chatte.

Le gros jouet sexuel a stimulé les nerfs à l'intérieur de sa chatte dont elle ignorait l'existence.

Les poussées ont continué.

Elle a crié et hurlé.

Elle a pleuré et pleuré.

Elle gémit et gémit.

"Viens pour moi," dit Samantha, regardant la femme au foyer avec plaisir. "Viens pour moi, sale vieille salope."

Rachel poussa ses hanches.

"Je ne suis pas vieux !"

Un orgasme a traversé son corps.

Rachel a crié à pleins poumons.

Son dos se cambra violemment.

Elle jeta les chaussures à talons hauts à travers la pièce.

Les fluides de la petite chatte de Rachel éclaboussaient partout, laissant un travail sérieux à la femme de ménage.

Lorsque l'orgasme s'est calmé, les yeux de Rachel se sont retournés et son corps s'est détendu.

Samantha relâcha son étreinte et Rachel se pencha dans un état presque évanoui à la corde autour de ses poignets.

Samantha abaissa la corde et le corps semi-conscient de Rachel gisait sur le sol dans une mare de son jus chaud.

Quand Rachel a pu ouvrir les yeux, elle a vu Samantha enlever son corset, se mettant complètement nue.

Rachel ne pouvait s'empêcher d'envie le corps nu parfait de Samantha.

Samantha s'assit par terre et joua avec les cheveux de Rachel.

"Roger a de la chance d'avoir une pute orgasmique comme toi," sourit Samantha totalement nue.

"Je ne suis jamais venu comme ça avant. Jamais."

«Je suis content d'avoir pu vous servir pour ça. Mais souvenez-vous, je suis la dominatrice, vous êtes la soumise. C'est pour mon plaisir, pas pour le vôtre. Et jusqu'à présent, je ne suis pas encore venu.

Rachel haussa un sourcil.

"À quoi tu penses?"

"As-tu déjà mangé une chatte?"

"Ne pas."

«Quelle vierge tu es dans tout. Rampe vers moi. Mets ton visage entre mes jambes.

Rachel a fait ce qu'on lui a dit de faire.

Elle rampa jusqu'à ce que son visage soit à quelques centimètres de sa chatte.

"Embrasse mes lèvres," ordonna Samantha, se référant à son propre vagin. "J'aime qu'ils m'embrassent."

Rachel obéit, embrassant la couche externe de la chatte rasée de Samantha.

"Lèche-le comme un popsicle. Puis mets ta langue à l'intérieur comme si tu n'avais pas mangé depuis des jours."

Rachel a suivi les ordres, léchant sa chatte et testant les fluides extérieurs.

Sa langue sentit chaque point sur ses lèvres.

Puis il a enfoncé sa langue à l'intérieur, léchant et suçant.

C'était la première fois qu'il mangeait une chatte, et il réalisa qu'elle avait bon goût.

"C'est bien," gémit Samantha. "Continuez comme ça. Continuez à lécher comme un bon minou."

La femme au foyer, autrefois sage, primitive et adéquate, était rapidement devenue une mangeuse de vagin experte.

Elle a léché et sucé avec enthousiasme.

Sa langue se caressait de haut en bas.

Quelques instants plus tard, Samantha est venue et a poussé un cri aigu.

Ses jambes tremblaient, puis elle se détendit.

Les yeux de Samantha s'illuminèrent.

"OMG. Qui savait que tu pouvais le faire si naturellement?"

Rachel sourit et posa sa tête sur la cuisse de Samantha.

"Tu sais bien".

"Ça tu crois?" Samantha a demandé de manière rhétorique.

Rachel embrassa la cuisse de la dominatrice.

"Oui."

Les deux femmes ont continué leur moment de réconfort mutuel.

Rachel ferma les yeux et posa sa tête sur la cuisse de la dominatrice.

Samantha regarda la belle femme au foyer et lui caressa les cheveux.

CHAPITRE 14

Des jours après.

Après avoir récupéré ses bagages, Rachel a poussé un chariot avec deux valises à l'intérieur: l'une avec ses vêtements normaux et l'autre celle que Samantha lui avait donnée.

Elle a vu son mari attendre dehors.

De grands sourires ont été rendus.

Roger était heureux de voir sa femme si bien bronzée et détendue.

Il a couru vers Rachel.

Elle arrêta le chariot et lui fit un gros câlin étouffant.

C'était un moment spécial.

Elle voulait que ce jour soit un nouveau départ pour son mariage.

«Tu m'as tellement manqué», dit Roger.

Rachel a mis ses lèvres à son oreille et a chuchoté, "Tu vas me ramener à la maison et m'attacher au lit dans la chambre. Ensuite, tu vas mettre ta bite dans ma gorge. Et puis tu vas me baiser. Compris?"

Il recula un peu pour avoir un bon aperçu de sa femme, étonné de sa langue sale.

Il y avait une étincelle spéciale dans les yeux de Rachel.

Une faim

Luxure.

Roger s'est rendu compte que sa femme était une femme différente.

Roger acquiesça, acceptant l'invitation.

Rachel sourit et l'embrassa.

FIN

71

Don't miss out!

Visit the website below and you can sign up to receive emails whenever Erika Sanders publishes a new book. There's no charge and no obligation.

https://books2read.com/r/B-A-IGGS-WEONC

Connecting independent readers to independent writers.